KB196770

김정순

1969년 인천에서 출생하여 현재 경기도 김포에 거주하고 있다.
40년 가까이 세무회계 관련 업무에 종사하고 있으며,
한국방송통신대학교 국어국문학과 학사, 경영학과 학사를 마치고
현재는 미디어영상학과에서 공부하고 있다.

윤보영 시인 '문우사랑' 시창작반에서 시를 쓰고 있으며,
한국 캘리그라피디자인협회 정회원,
가톨릭글씨문화연구회 정회원으로 글씨를 그리고 있다.

캘리그라피 2024년 한글의날 '한글 멋 글씨' 사진전(국립한글박물관)
제5회 가톨릭글씨문화연구회 '만남'전(명동성당)에 참여했다.
문우사랑 동인시집《그대 그리움엔 무엇이 담겼을까》

메일 : juong-soon@hanmail.net

그리움 안고 섬으로 살자

펴낸날	초판 1쇄 2024년 12월 5일
지은이	김정순
펴낸이	서용순
펴낸곳	이지출판
출판등록	1997년 9월 10일
등록번호	제300-2005-156호
주소	03131 서울시 종로구 율곡로6길 36 월드오피스텔 903호
대표전화	02-743-7661 팩스 02-743-7621
이메일	easy7661@naver.com
창작지도	윤보영 감성시학교
캘리그라씨	김정순
사진	도회덕
인쇄	ICAN
물류	(주)비앤북스

값 15,000원

ISBN 979-11-5555-240-7 03810

김정순 감성시집

이지출판

김정순 시인이 첫 시집을 발간한다. 평소 조용히 강의를 듣지만 막상 시를 쓰기 시작하면 그 시에 담긴 힘은 큰 산을 단숨에 넘고, 깊은 강도 쉽게 건널 수 있는 힘이 느껴진다.

시를 참 맛있게, 그러면서 힘이 있게 쓰는 김정순 시인과는 한국방송통신대학교 국어국문학과 동아리 '문우사랑'을 통해 만났다. 문우사랑 회원들에게 미리 시어를 제시하고 그 시어를 내용으로 메모해 보라는 요청을 드리는데, 김정순 시인은 쉽게, 그러면서도 감동을 담아 적어 내곤 했다. 그 메모가 첨삭 의견을 통해 시가 되었고, 이 시는 너무 감동적이라 읽는 나도 부럽다는 생각이 들었다.

그렇다. 감동받은 일상을 소재로 느낌을 묘사하고 마지막에 생각을 넣어 감동을 주는 감성시는 김정순 시인처럼 적으면 된다.

이처럼 독자가 주인공이 되는 감성시는 스스로를 치유하고, 가족과 이웃을 치유하고, 나아가 사랑이 담긴 아름다운 사회에 선한 영향력을 행사하게 된다. 앞으로도 김정순 시인이 지금처럼 자신 있게 감성시를 적어 우리나라 최고의 감성시인이 될 것으로 기대한다.

　한 권의 시집이 발간되기까지 시인의 노력은 물론이거니와 힘이 되어 준 가족과 직장 동료, 그리고 국문학과 동아리 '문우사랑' 회원들에게 감사드린다. 더불어 지금까지 잘 따라와 준 김정순 시인에게 고마움을 전하며 앞으로도 늘 함께할 것을 약속드린다.

　　　윤보영 감성시학교가 있는 '이야기터휴'에서

무더위가 완전히 꺾인 천고마비의 가을 날씨가 마침내 눈앞에 펼쳐지고 있다. 한래서왕(寒來暑往), 추수동장(秋收冬藏)이란 말마디가 실감나는 때다. 엄청난 무더위로 만물을 힘들게 했던 혹서도 더 이상 계절은 속일 수 없는지라, 하는 수 없이 저만큼 물러나면서 동절기의 추위를 부르는 가을의 서늘함이 조석을 물들이기에 이르렀다.

여기 한 시인이 있어 이 가을날의 감성을 멋드러진 필체로 그려내는 미성(美性)을 보게 한다. 김정순(미카엘라) 자매가 고단위 이성을 작동하여 바라본 인간계와 자연의 움직임들은 절제된 언어의 향내 속에 가을녘의 진잔한 풍월이 되어 뭇 독자들의 가슴을 파고들기에 충분하다. 담백한 언어들과 부족하지도 넘치지도 않은 적합한 문장으로 음미한 세상을 날카롭고도 미적으로 표현해 내는 능력은 많은 것을 명상의 여운으로 남기기에 충분하다.

미카엘라 자매는 김포 청수성당의 천주교 신자로 주님을 찬미 찬송하는 노래를 열심히 부르면서 기도에 아름다운 리듬을 더하는 그레고리오 성가대원이기도 하다.

바쁜 일상생활 중에서도 세상을 관조하며 갖가지 피조물의 움직임들을 한줄기 이성의 세계 안에 녹여내어 언어화한 멋스런 그의 시가 삶의 난제에 어쩔 줄 몰라하며 헤매는 소시민들에게 예기치 못한 위안의 정거장이 되어 주고 힘을 얻게 해 주는 에너지의 산실이 된다면 이것보다 더 좋은 일이 어디 있겠는가! 충분히 그럴 수 있다고 믿으며 기꺼이 이 시집을 가까이하기를 권해 드리는 바이다.

일상 속에서 우리는 두터운 가면을 쓰고 삽니다. 타인에게 속마음을 들키고 싶지 않아서, 타인에게 상처받고 싶지 않아서. 그것이 안전하고 편하게 사는 방법이란 걸 자연스럽게 생득하죠.

그런데 아무리 두터운 가면을 써도 속마음을 완벽하게 감추긴 어렵습니다. 배어 나오는 꽃물을 보고 겹겹의 흰 천 속에 숨어 있는 꽃잎을 짐작하듯 말이죠.

시는 이런 순간에 쓰여집니다. 김정순 시인의 시는 일상에서 보일 수 없던 마음의 밑바닥, 그대에게 차마 말할 수 없던 감정의 미로를 흔연히 풀어놓고 있습니다.

김 시인의 시를 읽는 동안 독자는 자신의 가면이 스르르 사라지고 오랫동안 잊고 있던 맨얼굴을 만나게 될 것입니다. 시집을 놓는 순간 다시 두터운 가면의 일상으로 돌아가겠지만, 어둠 속 빛나는 별처럼 맨얼굴의 기억은 시어와 함께 가슴에 남을 것입니다.

시인은 늘 지상을 박차고 높은 곳에 오르려는 이
며, 그 높이에 이를 때 그것은 또한 그만큼 깊은 곳
으로 내려가는 것이기도 합니다.

그 고지와 심연에서 시인은 다른 이들이 보면서
보지 못하는 것을 보며, 들으면서 듣지 못하는 것을
듣습니다. 그는 보이는 것은 보이지 않는 것의 그림
자임을 알기에 그 사실 너머의 사실, 진실 이상의
진실을 우리에게 들려줍니다.

그럼으로써 우리 매일의 일상을 뭔가 다른 것이
되게 하고, 말 없는 사물들의 말문을 틔워 줍니다.
그것이 시인의 특권이며 권능입니다. 그러나 그 특
권만큼의 의무이며 때로는 자기에게 내리는 징벌이
기도 합니다. 김정순 님이 자신에게 부과한 시인의
직분, 그것은 영원한 불안정의 노역을 스스로 감내
하려는 것입니다.

그의 산행에 동행하듯 그의 시인됨의 고행, 그러나
우리에게는 축복인 그 고행을 뒤따르며 함께하고자
합니다. 그가 늘 우리에게 베풀어 줄 뭔가를 갖고
내려오기를, 또 올라오기를 기다립니다.

《그리움 안고 섬으로 살자》는 인생의 여정을 시로 표현한 한 시인의 진솔한 고백입니다. 쉰에 시작된 그녀의 자아 탐구는 감동적인 일상을 시로 승화시키며 우리에게 깊은 울림을 전합니다.

캘리그라피 작가로서 이 시집을 읽으며 시어 하나하나가 마치 붓끝에서 피어나는 선처럼 섬세하고 감동으로 다가왔습니다. 시인의 따뜻한 감성이 녹아 있는 이 시들은 모두에게 위로와 공감의 메시지를 전해 줍니다. 이 시집을 통해 당신도 삶의 아름다움을 다시 한번 발견하게 될 것입니다.

쉰 즈음에,
문득 궁금했습니다.
나는 누구인가?

주변을 돌아보니 혼자였습니다.
딸들은 둥지를 떠났고,
남편은 여전히 바빴습니다.
나는 외로운 섬이었습니다.

외로운 섬으로 파도가 밀려왔습니다.
낯선 언어들이 외딴 섬으로 몰려왔습니다.

하늘의 뭉게구름을 보아도
길섶의 작은 꽃을 보아도
차창을 두드리는 빗방울을 보아도
낯선 언어들이 솟아올랐습니다.
어느 순간 깨달았습니다.
그 낯선 언어들은 바로 나 자신이었습니다.
나를 향해 외치는 나의 아우성이었습니다.

나의 귀에 속삭이는 나의 독백이었습니다.
오랫동안 잊고 살았던 나 자신이었습니다.

그 낯선 언어들을 백지 위에 옮겼습니다.
나의 가슴을 두드리던 크고 작은 파도들을 함께
모았습니다.
감히 《그리움 안고 섬으로 살자》라는 작은 시집을
출간하게 되었습니다.

'그리움 안고 섬으로 살자'는 쉰 즈음에 품었던 '나
는 누구인가?'라는 질문에 대한 답이었습니다.

그리움의 섬으로 함께 떠나실래요?
그 외딴 섬으로 오르는 작은 항구를 열어 드리겠
습니다. 섬에서 발견하는 나의 낯선 언어들이 누군
가에게 작은 위로가 되기를 바랍니다.

나는 여전히 묻습니다.
나는 누구인가?

이번 시집이 출간되기까지 지지해 주고 응원해 준 가족에게 깊이 감사드립니다. 제 삶의 멘토이신 황운연 회계사님, 초고를 읽고 응원해 준 직장 동료들, 그리고 국어국문학과 동아리 '문우사랑' 회원님들, 고맙습니다. 특히 시를 쓰는 데 큰 가르침을 주신 윤보영 시인님께 감사의 말씀을 올립니다. 할 수 있다고, 하면 된다고 용기를 주시고 시인의 길로 안내해 주셔서 시집이 출간되었습니다.

끝으로, 이 시집을 읽어 줄 독자 여러분께도 미리 감사 인사를 드립니다. 여러분과 마음으로 소통하고 만날 수 있기를 바랍니다. 감사합니다!

2024년 늦가을 장기동 서재에서
김정순

● 차례

제1부 그대의 별이 되고 싶다

제2부 지팡이의 기다림

제3부 나는 강 너는 물

제4부 수국 화분을 마음에 걸다

제5부 시인을 꿈꾸며

제1부
그대의 별이 되고 싶다

미처 몰랐습니다

가을입니다
내리는 비처럼
그리움이 내립니다

그대가 이토록
그리운 사람인지
가을이 오기 전엔
미처 몰랐습니다

알았으니
이제 그대를
만났으면 좋겠습니다

가을이니까
비까지 내리는
깊은 가을이니까.

어찌죠

그리움인줄알았는데아직기다림인것을.

그리움

파도 소리 들리나요?
그대 생각
파도에 밀려옵니다

바람 소리 들리나요?
그대 생각
바람에 담겨옵니다

밀려오고
불어와서
해변에 모래처럼 쌓입니다

지금, 이 순간에도
계속 쌓이고 있는 것은
우리 지금
사랑하기 때문 아닐까요?

안개꽃

강변 숲은
안개에 젖어 희미해지고

빌딩 숲은
안개에 젖어 멀어지지만

안개 때문에
그대 그리운 오늘은

내 안에
그대 생각이 꽃을 피운
온통
안개꽃밭입니다.

첫사랑

너를 처음 만났을 때
내 가슴엔
천둥과 번개가 쳤어

천둥과 번개가 칠 때는
하늘이 보라색으로 된대

수국 동산에 왔더니
천둥과 번개가 치다가
내 가슴을 온통
보랏빛으로 만드는 거야

혹시 너
날 보러 여기 온 거니?

분꽃

여자의 향기로
너를 유혹하고 싶어

밤이 되면 활짝 피어
너에게 보여 주고 싶어

그러다가
아침이 오면
주먹 불끈 쥐고
너를 지켜 주었다고
얘기해 주고 싶어!

그렇게
너의 영토에
내 마음
뿌리내리고 싶어.

* 밤에 피는 꽃

행복

행복이 언제니?
숲에게 물었다

인생에도
숲에도
사계절이 있어서
지나면 아무 일 아니지만
잠시 멈춤이 필요할 때

인생에 있어서
무엇이 중요하냐고
다시 물었다

숲은 말이 없다
그저, 언젠가
나를 안아줄
너른 품이 있다는 듯
고개만 끄덕인다

내 안에
숲이 있어서
참 고마운 일이다.

마른 단풍도 꽃이다

마른 단풍도
살아 있으니 꽃이다

가을 한철
화려하게 피었다 지는
짧은 생인 것을

찬 서리 이겨내고
봄비에 젖어
나뭇가지 잡은
붉디붉은 그대가 봄꽃이다

먼 데 동백 피어나고
먼 산, 철쭉 핀다 해도
내 앞에 살아 있는 그대가
정녕
나의 봄꽃이다.

들꽃

길을 걷다가
흔들리는 너를 본다

어쩌다
씨앗으로 떨어져
뙤약볕 아래서도
푸른 싹을 틔우고
모진 비바람에도
꽃을 피우는
가녀린 노동의 꽃이여!

주인공은 되지 못해도
넓은 세상에
푸른 씨앗 하나 떨구고 갈
너를 본다

웃고 있는
나를 본다.

아파

벗꽃잎 흩어지고
봄바람 불면

비 내리고
찬바람 불면

눈 내리고
혹독한 바람이 불면

그리움이 먼저
내 가슴에 닿아
마음이 아파!

너 없이 맞이하는
매일매일이라서
더 아파

그래도 가끔은
네 생각하며
웃어 보려고 해

그런데
가을아
넌
지금 어때?

샐비어꽃

너를 보면
내 얼굴이 붉어져

태양처럼
가슴이 뜨거워져

네 입술이
내 입술에 닿으면

너의 속삭임이
달콤하고 짜릿해

층층 쌓아 올린
너의 언어는
나의 사랑에
종탑이 되지

거기 십자가 아래
꿀벌이 날아들지
개미도 지나가지.

그대의 별이 되고 싶다

어디선가
하늘을 보고 울고 있을
너를 생각하며

그대만 괜찮다면
나는, 오늘 밤
그대의 별이 되고 싶습니다.

비 내리는 아침

아침입니다

내리는 비가
그리움을 담고 와
기분이 좋습니다

내리는 비는
당신 생각만 하게 만듭니다

그러니 당신!
비 내리는 아침엔
기다리는 내 마음에
살포시
아니온 듯
다녀가시면 안 될까요?

들꽃이고 싶다

9월에는
너를 닮고 싶다
너를 닮은 꽃을 피우고 싶다

산자락에 핀
구절초꽃이 되어
주목받지 못하면 어때?

그대를 기다리는데
그 자리
지키고 있으면 되지

언젠가 올 텐데
그대에게 주기 위해
가슴에 담고 있는 향은
세상에서 제일 깊을 텐데.

가로수처럼

일상을 잠시 접고
그대 생각만 하고 싶다

복잡한 세상 잠시 잊고
그대 생각만 하고 싶다

그대 생각만 하는 건
아니라고 우겨도
피식 한번 웃고
언제나 내 편인
그대 생각만 하고 싶다

가로수처럼
그대 가슴에 서서
그대 바라보며 웃는
그런 사랑을 하고 싶다.

메밀꽃

간밤 메밀밭에
무슨 일이 일어난 걸까?

몽글몽글
꽃 좀 봐
그대 그리운
내 마음처럼 가득 피었네

일상을 다 지우고
메밀밭에
그대 웃는 얼굴을 그려 보라며
하얗게 피었네.

이 비를 어쩌죠

내리는 비에
밤이 젖습니다

젖은 밤에
그대 그리움은
더 짙어집니다

어쩌죠?

잠을 쫓고
그대 생각
불러내는
저 고마운 비를

오늘 밤도 소리 없이
내 가슴에 천둥칩니다.

천 개의 사랑

한여름
비 그친 나뭇가지 끝에
천 개의 빗방울이 맺혔네

어젯밤
그대 생각
천 번 꺼내 본
내 그리움이

천 개의 입술로 맺혔네.

우리 이별도 그랬으면 해

사랑 후에는
우리가 맞이해야 할
이별이 기다릴 때가 있지

사랑은 지켜 주는 것이듯
이별도 지켜 주는 것
욕심내서
소유하는 것은 아니야

밤하늘의 어둠을 봐
별을 소유하지 않잖아

그냥 곁에서
빛나게 지겨 줄 뿐이지

만일 우리에게
이별이 있다고 해도

그 이별 속에서
당신 앞에 내가
덜 아프게
지켜 주어야 해.

노을

무슨 말이 필요하겠습니까?

시끄러운 세상
누군가의 아픔과
그리움을 안고
붉게 타들어 가는 당신!

정녕 내겐 인사도 없이
수평선 어디쯤
십자가를 등에 지고
먼바다 위를 걷고 있을 당신!

난 다만 당신의 뜻이
하늘에 닿을 수 있기를
오직 그 마음 하나 앞에 두고
한없이 바라만 볼 뿐입니다

언젠가, 다시
만날 수 있다는 확신이
가슴에 담깁니다

그리움이 만든
바다까지 가슴에 담고 말입니다.

나무

그대여!
더 예쁜 꽃을 피우지 못했다고
더 많은 열매를 맺지 못했다고
자책하지 말아요

그대는 내게
힘들 때 기댈 수 있고
지칠 때 쉴 수 있는
키 큰 나무입니다

이 세상
단 하나뿐인 당신은
영원한 나의 나무입니다.

흰나비

어제
아버지 하늘나라 가셨는데

어쩌자고
마당으로 날아와
손등에 앉아 있니

흰나비야!

팽나무 아래 핀
수국 꽃길을 걸으면

팽나무 아래 핀
수국 꽃길을 걸으면
엄청난 그들의 세상!
십 리 길이 열립니다

그 길은
바람의 길이고
사람의 길이며
다시 돌아오는 비단길입니다

십 리도 못 가서
발병 난다지만
내 안에 그대여!
당신과 걷는다면
천 리를 걸어도 좋겠습니다.

제2부
지팡이의 기다림

엄마의 텃밭

엄마는 꽃을 좋아해요

친구 집 텃밭에는
채소가 가득했지만
엄마의 텃밭에는
맨 앞줄엔 채송화가
그다음 줄엔 봉숭아가

또 그다음 줄엔 과꽃이
또 그다음 줄엔 코스모스가
또 그다음 줄엔 라일락이

또 그다음 줄엔…
꽃이 균형을 이루며 피었어요

엄마는 힘들고 지칠 땐
텃밭으로 달려가셨어요
그곳에서
꽃을 어루만지셨어요

엄마 나이가 된 지금
엄마의 텃밭에서
나를 만납니다
엄마를 그리워하는
나를.

배달 전문 음식 파스타

8월 토요일 밤 11시 50분
'주문입니다.'
김치볶음밥
감자튀김
오이피클
소주 1병
'문 앞에 두고 가세요.'

누군가의 고단했던 하루가
마지막 주문으로 저물어 간다

나는 가스 불을 켠다
번개탄 공장에서 톱밥을 뒤집고 태우며
매캐한 연기 속에서 야근하고
새벽에 퇴근하셨던 아버지!

아랫목 붉은 밍크 담요 속
식어 가는 밥과 묵은김치로 허기를 채우고
소주 한 병으로 잠을 청하셨다

아버지는
그렇게 평생 우리를 먹여 살리셨다

음식이 식지 않게 포장해 보낸다
'배달 완료입니다.'

나의 뜨거웠던 하루도
희망으로 포장한 후 가게 문을 나선다

앙상한 아버지가 희망으로 걸었을
그 새벽길로 나선다.

지팡이의 기다림

할머니는 외출할 때마다 저를 찾습니다
할머니는 저랑 다니는 게 좋은가 봅니다
저는 할머니 따라 세상 구경을 합니다

할머니는 사람들이 예쁜가 봅니다
윗집 아기를 만나도 참 예쁘다
옆집 새댁을 만나도 참 예쁘다
앞집 남자를 만나도 참 예쁘다

그런데 며칠 전 엘리베이터에서
윗집 아기를 봐도 댁은 누구요
옆집 새댁을 봐도 댁은 누구요
앞집 남자를 봐도 댁은 누구요

어쩌죠?

오늘은 아파트 현관문 밖에
저를 두고 들어가셨습니다.

엄마가

엄마가
전화해서
사춘기 아들에게
제일 먼저 하는 말!

"아들!
지금 어디야?"

엄마가
전화해서
사회 초년생 아들에게
제일 많이 하는 말!

"아들!
밥은 먹고 다니지?"

담쟁이

그대가 생각날 때면
담쟁이 잎에 그리움을 적어
편지로 보냈지요

그립다
그립다
적어도
적어도 그립다고

그대에게 보낸
그리움
어느새
벽 하나를 다 덮었지요

더 그립게
더 보고 싶게
그대 그리움으로
붉게 물들어 갑니다.

내 마음밭으로

봄비 내리는 날
그대 위해
채송화 씨를 뿌리겠습니다

여름 태양이 눈부신 날
그대 향해
해바라기꽃으로 피겠습니다

가을 낙엽이 쌓이는 날
그대 오시는 길에
그리움을 펼치겠습니다

눈 내리는 날
그대 생각 꺼내
서리꽃을 피우겠습니다

그대여!
그러니
내 마음밭으로 어서 오세요.

해바라기 사랑

사랑이란
가슴에
꽃씨 하나 심는 것입니다

그 꽃씨
그대 그리운 만큼
더 예쁜 꽃을 피우는 것입니다

그 꽃
올해도 내 가슴에
커다랗게 핀 걸 보면

아직도 내가 그대를
많이 사랑하고 있나 봅니다.

가을 택배

멀리 있는 그대여
몹시도 그리운 오늘
지금 마음 이대로 담아
그대에게 택배로 보내겠습니다

흔들리면 흩어질까
보고 싶은 마음 가득 채워
'취급 주의!'
메모까지 해서 보내겠습니다

누구 편에 보낼까?
내 안에 난 길 따라
내가 직접 배달을 나섰습니다

오다 보니
가을 문 앞입니다.

세상에 하나뿐인 수첩

세상에 하나뿐인
나만의 수첩에는
세상에 하나뿐인
그대가 있습니다

세상에 하나뿐인
그 수첩에는
그대와 나만의 숲이 있고
우리의 계절이 있고

날 좋아하는 그대 마음
그대 좋아하는 내 마음
두 마음이 손잡고 있습니다

밀크티 한 잔 앞에 두고
나만 알고 있는 페이지를 펼칩니다
그대 마음이 나옵니다

지금도 그대를
내가 더 좋아하고 있다는
증거입니다.

다섯 개의 조약돌

강가에 앉아
조약돌 다섯 개를
손바닥에 올렸습니다

어릴 적
친구들과 운동장에 앉아
조약돌 다섯 개로
공기놀이하던 생각에

믿음, 소망, 사랑
희망, 우정을 외치며
다섯 개의 조약돌을 던졌다가
손등으로 받고
다시 던졌다가
손바닥에 받고

그때 친구들, 지금은
어디서 무얼 하고 있을까?

강물에
조약돌을 내려놓습니다

흐르는 물처럼
잘 살고 있을 것 같습니다

물의 마음입니다.

갈바람

내 마음에
바람 부는 날이 있었습니다

마음!
준 사람도
안 준 사람도
다 생각나게 하는 날 말입니다

갑자기
오래 숨겨 둔 마음 하나
고개를 내밉니다
멈칫!
갈바람에 들킬 뻔했습니다

쓸쓸한 일입니다
아~
가을!
참 못됐습니다.

먹구름

그대 지나간 자리
그리움에
쏟아지는 눈물!

이젠
스스로 깊어집니다.

마당

우리 집 마당은
사랑이 깊다

그리운 목소리가 들린다.

뿌리

이 길의
끝은
어디인가요?

마음

보이지 않는 마음이라
칼로도 벨 수 없는 게 있지

잡히지는 않지만
달빛도 벨 것 같은 그런 게 있지

꿈속에서
아득한 마음에
베일 것 같은
그런 그리움도 있지

옛 추억은
희미하게 남아 있는 것
칼로도 벨 수 없어
간직해야 할 그런 사랑도 있지

그래서 누구나
그런 날선 사랑 하나쯤
가슴을 울리고 있지 않을까?

깊어가는 가을이니까!

목련꽃

어느 시인은
목련꽃 아래에서
젊은 베르테르의 편지를
읽는다고 하지만

나는
목련꽃 아래에서
아무것도 못 했다

다만
너만 생각하고 있을 뿐!

자전거

자전거를 타야겠다
보고 싶은 마음으로
페달을 밟고

그리운 마음으로
바퀴를 돌리며
그대에게 달려가면

날
받아 주시겠어요?

6월 어느 날 밤

그대는 보이지 않고
달빛만
창문을 두드립니다.

달이 참 밝아요

그대여
창밖을 보세요

전망 좋은 하늘에
나 대신 걸어 둔

달이
참 밝아요.

번개

사람과 사람 사이
그중에
너와 나 사이에
번개가 친다
천둥이 친다

얼마나 그리웠으면
얼마나 보고 싶었으면.

비야

그대는 어찌
밤이 슬프다고 하는가?

내 가슴에 내리면서
내 그리움에
이리 요란하게 쏟아지면서

너는 떠나면
그만이지만
남아 있는 나는
어떻게 하라고.

모래

쌓아도 쌓아도
쌓이지 않고
잡아도 잡아도
잡히지 않는 마음!

그 마음에
그리움으로 부는
바람아!

내 사랑이
얼마나 많은지
또 얼마나 아린지

모래에도
꽃이 피고 진다는 것을
너는 알겠니?

침묵

우린
지금
헤어지는 중.

그곳에 내가 있습니다

이젠
돌아서는 거야 해 놓고
다시 돌아보고 있습니다

진짜
돌아보지 말자 해 놓고
또다시 돌아보고 있습니다

그러다
혼자 돌아보고 있습니다

결국
나무가 됩니다
그리움 속에
그대 생각 담긴 나무!

제3부
나는 강 너는 물

불꽃

너를 위해
너만 보고

저 높은 곳을 향하여
솟아오르는
나의 열정이

먼 곳에서
한순간
쏟아져 내리는 불씨가 되어
사라져도 좋아

네 가슴에
섬광 같은 불꽃으로
기억될 수만 있다면

나는 너의
잔별이 되어도 좋아

먼 훗날
타는 그리움이어도 좋아!

훈민정음 열차

훈민정음 강의 듣고
돌아가는 길
비는 내리고

김포공항행 급행열차에
빗방울이 먼저 타고 내리고

중세 글자
똑 똑 똑
유리창에 나타났다 사라지고

남겨진 글자
톡 톡 톡
핸드폰 손끝에서 머물고

글자들이
휙 휙 휙
타고 내리고
사라지고 남겨지고

열차는 훈민정음 싣고
그대 그리움 속을
급행으로 달린다.

거미줄

백일홍 꽃밭에
그대가 그리워
그대를 생각하며

밤새
한 올 한 올 그리움을 엮어
집을 짓고
성을 쌓았습니다

그러니
사랑하는 그대여
내 품으로 오세요

그대를 기다리는 집에서
꽃으로 기다릴 테니

백일이 지나기 전에
서둘러 오세요!

성수동 전깃줄

하늘 맑은 날
전봇대가 줄지어 서 있는
성수동 골목을 걷는다

오래된 집
오래된 골목길
오래된 전깃줄이
오래도록 덮고 있다

그래
전깃줄처럼
우리 사랑도
오래가 좋다

가다가
내가 지쳐도
서로 다독거리며
오래 갔으면 좋겠다.

전깃줄에 걸다

전깃줄에 하늘이 걸렸습니다
전깃줄에 새가 걸렸습니다
전깃줄에 바람이 걸렸습니다

전깃줄에 별이 걸렸습니다
전깃줄에 추억이 걸렸습니다
전깃줄에 그리움이 걸렸습니다

그렇습니다
내 생각과
그대 생각을 이어 주기 위해
전봇대처럼
그리움을 세우길 잘했습니다.

나는 강 너는 물

그대 그리운 날이 있었습니다
그래서 그대에게 가려고
내 마음에 강을 냈습니다

그러니
그대는 물로 오세요

강물에 꽃잎을 띄우고
꽃잎은 향기를 품고
향기는 그리움에 노을을

노을은 다시
그대에게 잠겨도 좋을
바다가 되었습니다.

억새

바람이 불어도 좋아
내 마음은
항상 너를 향해 있으니까

노을이 휩쓸고 가도 좋아
내 마음은
항상 너를 붙잡고 있으니까

눈이 내려도 좋아
내 마음은
항상 너로 인해 포근하니까

나는 억새
가을이 오면 더 좋아

널 좋아하는 마음
드러낼 수 있으니까

그대!
늘 내 안에 있어서
고마운 그대여.

플랫폼에서

여전히 난
멀리서 너의 뒷모습만
바라보고 있고
콩닥콩닥

여전히 넌
가까이서 다른 사람만
바라보고 있고
콩닥콩닥

이 시간이
두려움 없는 화살처럼
빨리 지나갔으면
콩닥콩닥.

연꽃 여행

현관문을 나서면
모든 순간이 여행이고
좋아하는 마음을 열면
모든 순간이 사랑입니다

그 사랑을 열면
모든 순간이 행복이고
행복을 열면
모든 순간이 자비이고

자비를 열면
모든 순간이 침묵이고
이슬 한 방울의 울림에도
침묵은 다시 꽃을 피웁니다

어쩌면 이 꽃!

당신과 내가 맺은
인연 아닐까요?

장미꽃

당신의 미소가
두 사람 가는 길에 피었네
거기 활짝 피었네

당신의 말씀이
두 사람 가는 길에 피었네
거기 활짝 피었네

당신의 기도가
두 사람 가는 길에 피었네
거기 활짝 피었네

묵주 한 올 한 올 엮으며
두 사람 가는 길에 피었네
거기 활짝 피었네

사랑하며
사랑하라
늘 부족해서
두 사람 가는 길에 피었네
거기 활짝 피었네.

당신에게 휴가를

오늘은
날 찾지 마세요

참
당신을 두고 한 말
아닙니다

당신을
위해 한 말입니다.

한 잎의 낙엽

산을 오르다가 만난
한 생애를 다한
한 잎의 낙엽!

나뭇가지에서
홀연히 떨어져
내 발등을 밟고 굴러간다

저 존귀한 생 앞에서
과연
무슨 미움이 있겠고
또
무슨 아픔이 있겠는가!

사량도

노란 유채꽃밭을 지났습니다
파란 보리밭을 지났습니다
초록 숲길을 지났습니다
살굿빛 송홧가루 길을 지났습니다

잿빛 칼바위 능선에 올랐습니다
푸른 한려수도가 펼쳐집니다
그대 그리움이 섬섬이 떠 있습니다

사량도 지이망산에
돌 하나 올렸습니다

그 돌
내 안에서
섬이 되었습니다.

* 지이망산 : 경상남도 통영시 사량면에 있는 산.

잠겨 죽어도 좋을 바다

어차피
한평생 살다 죽을 거라면
내 온몸 던져도 좋을
그런 사랑 한번 해 보고 싶다

그대에게
잠겨 죽어도 좋을
깊은 사랑
나도
한번 해 보고 싶다.

"사랑해(海)도 될까요?"

비가 내리려고 하는데

흐린 기억처럼
멀리서부터
그립고 그립다며
비가 내리려고 하는데

괜찮다가도
나는 왜
비가 내리기도 전에
눈물부터 나려는지 모르겠어

그건 아마도
그대 그리움이
내 가슴에 먼저 내려서일 거야

지금도
내가 그대에게
그리운 사람으로 남아 있을까!

그럼에도
그대가
몹시 보고 싶습니다.

핑계

아무리
아니라고 우겨도

그동안
내게 했던 말과 행동
다 거짓말

날
안 좋아했다는
그 말

다시 생각해도
진짜 거짓말!

소리

세상에서 가장 아름다운
바람 소리를 들었습니다

이른 아침
호수에서 들려온 소리!

자박자박 걸어와
내 가슴에 들어서는 소리

그대 대신 그대처럼
흉내 내며 담긴 소리

그대 생각 실컷 한 오늘은
세상을 다 지워도 좋습니다

그만큼
그립다는 뜻입니다.

파도의 노래

바다를 보러 왔다가
한 여인을 보았다

그 여인은
바다만 보고 있다

때로는 깊은 한숨과
또 때로는
어깨까지 들썩이는 슬픔 앞에

파도가 달려와
철썩 쏴 철썩 쏴

바다를 보러 왔다가
한 여인을 만났다

이제 되었다며
훌훌 털고 일어난 여인!

바다 앞에서 나를 보았다.

바다에 안겨

해가
푸른 바다에 머무는 것은
그리움 때문입니다

달이 어두움 뚫고
하얀 바다를 찾는 것 또한
그리움 때문입니다

바다에 안겨
몸을 흔들며 소리쳐 우는 것도
다 그리움 때문입니다

파도여!
이제 어떻게 해야 합니까?

긴긴밤을 그저 눈 감고
기한 없이 기다려야 합니까?

아니면 차라리
깊은 바다가 되어야 합니까?

서울역에서 사는 사람들

혼자가 되고 싶어서 왔지만
혼자가 아니어서 머무는 사람들

서울역을
떠나지 못하는 이유.

삼거리 슈퍼

어릴 적
동네 삼거리 슈퍼는
우리들의 방앗간이었다

오다가다 신기해서
들러보는
알록달록 요술집

풍선껌 불다가
우리 꿈을 부풀게 했던
아름다운 기억들

그 기억으로 들어간다
삼거리 슈퍼에서
오늘을 위해
꿈꾸는 나를 만난다

오늘 따라 하늘이
유난히 더 파랗다.

출렁다리

검은빛에 푸른빛이 담긴
감악산에 올랐어

골짜기와
골짜기를 연결하는
붉은색 출렁다리

한 발 한 발
출렁다리 위로 내딛는데
갑자기 네 생각이 났어

가슴이 울렁대고
출렁다리가 따라 울렁대고

장소도 생각하지 않고
네 생각 꺼냈다가
울렁울렁
혼났어!

* 감악산 : 경기도 파주시 적성면에 있는 산

김포 한강 금빛 수로 공원

수변 따라 걷다가
문득 내려다본 수로

수로에 담긴 구름
수로에 담긴 가로수
수로에 담긴 꽃들
그러다 결국
수로에 담긴 그대 얼굴!

그리움 속을 걷는
그대 안에 그렇게
나를 만난다

행복이다.

제4부
수국 화분을 마음에 걸다

진달래꽃

진달래!

내가
당신을 부르기만 해도
내 가슴엔
분홍 꽃물이 듭니다

당신이
나를 부르기만 해도
내 가슴엔
분홍 꽃물이 듭니다

지금까지 당신만큼
한 잎의 떨림으로
가슴 뛰게 한
사람은 없었습니다

어느덧
내 가슴은
그대의 향기에 취해
향기에서도 꽃이 핍니다

그대가 또 그리운
봄입니다.

봄은

또다시 사랑하고
또다시 이별하고
또다시 아파하자

어쩌면 그대가
내 안에
꽃으로 피어
또다시
봄이 오는지 몰라.

지하철

지하철 스크린 도어에 비친 당신
지하철 시를 읽고 있는 당신

시 한 편 가슴에 담고
매일매일 순환하는 당신

여보!
힘든 일상 훌훌 털고
어서 타요.

눈물비

그리움을 참던 비가
내게 와선
왈칵 눈물을 흘립니다

참았던 그리움에 나도
왈칵 눈물을 흘립니다

쏟아지는 그리움은
어쩔 수 없나 봅니다

비가
괜히 온 게 아니었습니다.

섬

내 안에
너 있고

네 안에
나 있다

우리 그렇게
달과 같이
별과 같이

그리움 안고
섬으로 살자!

그 섬

바쁘다가도
너만 생각하면
마음이
고요하고 깊어져

그렇게 점점
너라는 깊이에
빠져들어

그러다가
잠겨 죽어도 좋을

그 섬.

외로운 섬

우리 모두
외로운 섬 하나 안고 산다

그 섬에
꽃을 심자

너는 나 만나 기쁘고
나는 너 만나 좋은

그런
섬 하나 안고
마주 웃어 주는
꽃처럼 살자.

습관처럼

별이 쏟아지는 밤
평상에 누워 별을 헤아립니다

수많은 별은
그대와의 추억으로 빛나고
그리움은, 이야기로
가슴에 담깁니다

그 별들 헤아리다
헤아리다 잠이 들었고
다시 눈을 떴습니다

어느새 어둠은 사라지고
찬란한 아침과 함께
습관처럼 그대 생각합니다

그대가 좋아했던
그래서 더 정이 가는
잘 익은 깍두기 김치가 생각나는
그런 아침입니다.

수국 화분을 마음에 걸다

어느 봄날
보랏빛 수국 한 송이
화분에서 "봄입니다!"
수줍게 말을 건넵니다

큰 화분에 옮겨 심을까
하얀 화분에 옮겨 심을까
그대로 두기로 했습니다

날 생각하며 꽃을 골랐고
날 닮은 꽃을 보면서
화분을 골랐을 테니까

그 마음 그대로
햇빛 잘 드는 창가에
놓아 두기로 했습니다

지금은
지나가는 바람에도
보랏빛 웃음을 전합니다.

전등

너를 받아들이는 순간
내 마음속
어둠이 사라졌고

너의 눈빛을 보는 순간
싸늘했던
나의 눈빛이 사라졌어

앞으로 나갈 수도 없고
뒤로 물러설 수도 없고
할 수 없이
너를 받아들이는 순간
비로소 세상의 밝은 빛을
보게 되었어

사랑하는 그대여
지금,
내가 고백하고 있다는 걸
아시는지요?

오늘을 포장하며

너에게 줄 선물을 골랐어
하늘, 바다, 산
우주, 별, 숲!

예쁘게 포장하고 싶은데
명품처럼 포장하고 싶은데
어떻게 하지?

우선
오늘 속에
하나하나 선물을 넣고
보고 싶은 마음으로 포장했어

선물 위에
날 닮은 꽃 한 송이 달고
메모까지 해서
그리움 속으로 보냈어
"너무 좋아해서 미안해!"

홍시

내 마음에 가을이 오면
그대가 몹시 그리워집니다

그대가 그리울 때면
집 문밖에 외로이 서 있던
감나무가 됩니다

올해도 감나무에는
그대 그리움이 익고 있겠지요

햇살이 구름에 걸린 자리에
내 마음을 걸어 둡니다

이런 날 보고
그대도 부끄러웠는지
얼굴이 점점 붉어집니다

잘 익은 홍시 하나
제 가슴에 툭!
"사랑합니다."

행복한 구름

그거 알아?

행복하고 싶으면
행복한 사람
옆에 있으라고 했잖아

그래서
네가 어디를 가든
나는 늘 네 옆에 있을 거야

왜냐하면
너만 보면 행복하니까
언제 만나도
너는 늘 나에게
행복을 주니까

그러니 그대여,
우리 영원히 함께 가자
행복 위로 가자.

숲

마음에 비로소
조용한 소리!

늘 그대로인
숲
당신이 좋다.

시소를 타며

당신이 내려가서
나를 올려놓고

내가 내려가서
당신을 올려놓고

일상 속
우리 두 사람
적당한 거리에서
서로를 배웁니다

배우면서
인생에 사랑을 담고 있습니다

그 사랑 속에
웃음이 있습니다

균형 잡힌
우리 행복을 만들고 있습니다.

창문에 그리다

비가 내립니다
밤새 꺼낸
그대 생각으로
창문에 그림을 그립니다

방울방울
그대 모습 그리고
방울방울
그리워서 또 그립니다

그려 놓고 보니
모두가 꽃입니다
모두
그대 얼굴입니다

이제 소문만 남았습니다.

그 남자의 아이스크림

그거 아니?

너만 보면
내 마음이
녹아내린다는 사실!

아이스크림도 아닌데
글쎄 내가.

그 여자의 아이스크림

너만 보면
내 마음이
아이스크림처럼
녹아내리는데

혹시 너
뜨거운 난로니?

능소화

기와 담장 위에서
한 여자의 그리움이
꽃비로 내립니다

그 꽃비
어느새
내 가슴을
붉게 물들이며
뚝뚝 떨어집니다

다시 보니
떨어진 꽃잎도
숭고한 사랑이었습니다

이 길을
그대 그리운
내가 걷고 있는 걸 보면

길에서도 꽃이 핍니다.

이슬꽃

연못에 연꽃 한 송이
연꽃에 이슬 하나
이슬에 햇빛 한 자락

햇빛에 바람
바람에 담겨 온
그대 웃는 얼굴!

꽃이다
내 가슴에 담긴
그대 얼굴이다.

상사화

간밤에 비가 내렸어
갑자기 네가
더 보고 싶은 거 있지!

지금 아니면
볼 수 없는 너!
새벽같이 너에게 달려갔지

그런데, 네가 먼저
담장 밖으로 마중 나와
까치발로 날
기다리고 있는 것 있지

그랬구나
아~
그랬었구나!

백합

저 모습으로
처음 만났던
저 모습으로

저 모습으로
헤어져도
저 모습으로.

꽃으로 살자

봄 하고
기지개 켜며
고개를 쭉 뺀 생명들

이제
네 안에
그 사랑!

아름답게 살 수 있도록
내 가슴에 꽃으로 머문다

우리 꽃으로 살자.

제5부
시인을 꿈꾸며

선물

그대가 준 꽃과 책
그리고 글이

기쁨이 되고
침묵이 되고
가끔은
언어가 되기도 합니다

모두 내 삶의 갈피입니다
바쁜 일상에 피는 꽃입니다
참 고마운 일입니다.

참치회를 먹다가

시, 멋 부리지 마라
시, 폼 잡지 마라
시는 무슨 시
그런 시는 내다 버려라

하여
깊이를 알 수 없는
먼바다에 던졌다

시에 맞은 놀란 참치
시를 등에 업고
꽃을 입에 물고
발그레한 얼굴로
내 가슴에 들어온다

그래!
시는 무슨 시
먼바다에서 온
네가 바로 시다.

시인을 꿈꾸며

퇴근 후
선술집에서 친구들과
소주 한잔 하다가

돌아오는 길에
지하 중고 서점에서
시집 한 권 가방에 담는다

돌아오는 길가
밤에 핀 라일락 향기도 담고

돌아보면
일 년 전에도
한 달 전에도
둥글게 차오르는 달도 담고

앞서 나온
샛별 하나 어둠을 담듯이
오늘도
책상엔 나를 밝히는
시집 한 권 더 쌓였다

쌓인 만큼
시인 곁으로 다가선다.

은행나무 아래에서

그대여!
담장 너머 기와지붕 곁에
은행나무, 그 무성한
노란 잎을 보셨나요?

그 잎!
나비로 날려 놓고
그 아래 서 보셨나요?

여름이 지나간 자리
다시 찾아올 겨울 앞에서
겸허히 다 내려놓는 숭고함을

전생을 흔들며
빈 마음으로
가만가만 비워 내는
그 나비의 날갯짓을 보셨나요?

난 그저
그대만 만날 수 있다면
가벼운 나비가 되어
저 멀리 날아가도 좋겠습니다.

그리운 바다

그대여
내게 오시려거든
거친 파도로 오시게

그동안 기다림을 씻어 낼
그런 성난 파도라면
더 반길 수 있네

아니
맨발로 달려 나가 반기게
푸른 바다처럼
깊은 눈빛으로 오시게

지금도 부척 그리운
그대여
내 그대여!

얄미운 바다

숨도 못 쉬게
달려왔으면서

내 마음만
빼앗은 채
훌쩍 떠난
얄미운 바다

하지만 봐준다
그 바다
내 가슴에 있어서
그대를 담고 있어서.

촛불

촛불 꺼지듯 가신 그대여
내가 지금 촛불을 켜려는 것은
그대가 몹시 그립다는 뜻입니다

내가 촛불을 켤까요!

아니면
촛불 켜듯
그대가 오시겠습니까!

가을 커피

가을은
내 마음에
커피 향을 담고
그대 생각이라 우기고

나는
그리움에
함께 마신 커피 향을 담고
가을이라 우기고

커피를 마신다
그대 생각 더 나게
가을을 마신다.

흔들리는 마음 하나

누군가의 마음이 온다는 건
내 안에
그리운 마음 하나 있어서겠지

빗물이 땅속 깊이 스며들 듯
깊이를 알 수 없는 마음 하나
거기에 머물고 있어서겠지

꽃술에 나비가 쉼 없이 날아드는 건
꽃입술 몰래 취하고 싶은
향기 나는 마음 하나
꽃 피고 있어서겠지

밤마다 어둠 속에 별이 빛나듯
보석 같은 그리운 마음 하나
어둠 속에 깊이 잠들어 있어서겠지

그대여
적당한 거리에서
어둠 속 그리움 하나 깨워 볼까요?

그리움이 별처럼
한꺼번에 쏟아지면
훗날
아플 테니까

아니면
차라리 죽도록 아파나 볼까요?

바다 향기

사람이
먼 데 있는 바다처럼
하염없이
그리울 때가 있다

그때 나는
내 마음의
그대를 불러낸다

그러고는
깊고 푸른
바다 향기를 맡는다.

눈치 없이

이젠
눈이 내린다고
연락도 안 하네요

눈치 없이 소복소복
눈은 자꾸 쌓여만 가는데

그대 날 좋아했던
그 기억으로
쌓이고 있는데

'서글픈 날이
이런 걸 거야.'

눈치 없는 눈이
눈치도 없이
온종일 내리네요.

이별 연습

책을 읽다가
낮잠을 자고
유튜브를 보다가
청소하고

음악을 듣다가
세탁기를 돌리고
거울을 보다가
얼굴에 팩을 붙이고

다시
책을 뒤적이다가
커피를 내리고
화분에 물을 주다가
커피를 마시고

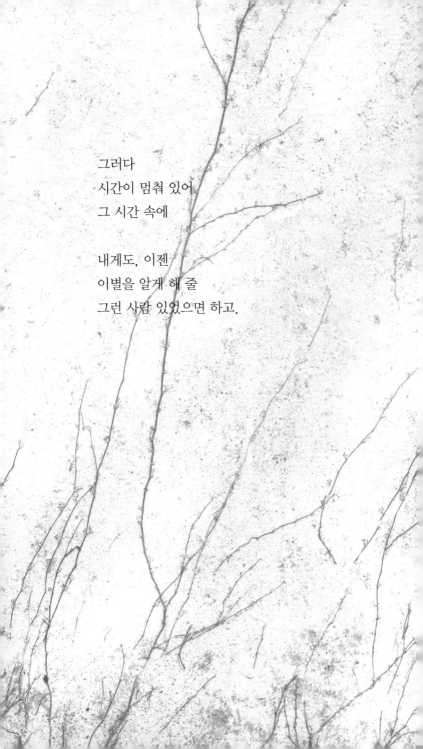

그러다
시간이 멈춰 있어
그 시간 속에

내게도, 이젠
이별을 알게 해 줄
그런 사람 있었으면 하고.

건배

어떤 날에는
모든 게, 예전처럼
괜찮아질 것 같다가도

또 어떤 날에는
불확실한 미래에 대한
걱정과 불안이 앞선다

그럴 때마다
나는 밤을 기다린다

누구에게나
편견 없이 공정하게
떠오르는 달을 꺼낸다

어느 날에는 달이
둥근 술잔 같기도 하고
또 어떤 날에는 달이
그대 웃는 얼굴이 된다

그 마음
그대로 담고
건배!

겨울나무에게

살다 보면
왜 그럴 때 있잖아!

괜히 남을 시기하고
비교하면서
내가 가장 못난 것 같고
뒤처진 것 같고
뭐 하나 내세울 것도 없이
초라하다고 생각될 때

숨고 싶고
울고 싶고
이것저것 서운한 것 찾아내서
네 살 아이처럼
생떼 부리고 싶을 때

그런데 있잖아
촉촉한 가슴으로
모든 것 다 들어주고
비워진 마음에
껍질뿐인 알몸으로 선

다시, 또다시
새봄을 기다리는
겨울나무 앞에서
무슨 미움이 있겠어
또 무슨 아픔이 있고

차마,
겨울나무에게
말 한마디 못하고
부끄러워 혼났습니다.

등산로에 아기 파랑새가 있어

폭풍이 지나간 후
등산로를 걸었어요

비에 쓸려 내려온
낙엽과 잔돌들이
길을 막아섰고
그 잔돌 위에
아기 파랑새가 앉았네요

이제 비바람이 그쳤으니
저 아기 파랑새도
세상을 향해
힘차게 날아오르겠죠

지금은
청춘이 된
제 딸처럼요.

눈 깜짝할 사이

나뭇가지에 앉은
새 한 쌍
다정한 눈빛을 주고받는다

내가 눈 깜짝할 사이
진한 사랑 나누고는
둘이 마주 보며
후루룩 날아가 버린다

사랑도 인생도
눈 깜짝할 사이인 것을

모른 척하지 못한 내가
괜히 미안한 날이다.

구름 1

잘 가라
그대!

하지만
구름은
내 안에 머문다

그리움이라며
팻말까지 달아 놓고

사람은
얼마나 더 쓸쓸할 것인가!

구름 2

한 생애가,
저리
빠르게 흘러가는데

우리들 마음은
지금
어디로 가고 있는가?

안개 덮인 김포 장릉에서

안개에 덮인 김포 장릉에서
카발렐리아 루스티카나
간주곡을 틀었습니다

세계문화유산 왕릉을 감싼
파릇한 잔디 위로
물방울이 춤을 춥니다

한 걸음 한 걸음
나도 모르게 이끌려
왕릉 앞 연못으로 왔습니다

안개가 서서히 걷힙니다

단풍나무 사이사이로
서서히 모습을 드러낸
원앙 한 쌍!

잠시 세월을 잊게 합니다.

고향 산

진달래가 필 때
초록이 우거질 때
나뭇잎이 떨어질 때
눈이 쌓일 때

그리움이 더 쌓여
내 마음이 머무는
다정했던 아빠 계신 산

가을바람 부는 날에
유난히
부르고 싶은 이름
아버지!

나의 종합병원

봄이 오면
왜
가슴이 두근거릴까?

봄이 오면
왜
그리움이 커질까?

맥박이 뛰고
혈압이 올라가고
잘 들리지 않고
잘 보이지 않아
걸을 수조차 없게 되고

그건 다 봄 때문이야
봄바람 때문이야
아니
그리움 때문이야

이런 나를
치유해 줄 사람은
오직
단 한 사람

지금 내 앞에 있는
당신입니다.

마지막 선물

그대여!
나 죽거든

묵주
한 꾸러미 안겨 주오

죽어서도
그대 만날 수 있게
기도하게!

그리움 안고 섬으로 살자